빈

빈

2024년 7월 22일 초판 1쇄 인쇄
2024년 7월 30일 초판 1쇄 발행

지은이 | 서숙희
펴낸이 | 孫貞順
펴낸곳 | 도서출판 작가
　　　　(03756) 서울 서대문구 북아현로6길 50
　　　　전화 | 02)365-8111~2　팩스 | 02)365-8110
　　　　이메일 | morebook@naver.com
　　　　홈페이지 | www.morebook.co.kr
　　　　등록번호 | 제13-630호(2000. 2. 9.)

편집 | 손희 양진호 설재원
디자인 | 오경은 박근영
마케팅 | 박영민
관리 | 이용승

ISBN 979-11-90566-90-2 (03810)

값 12,000원

작가기획시선 032

빈

서숙희 시집

작가

　　가령, 신새벽 빈 위장에 통째로 우겨 넣어도 뱃속이
탈나지 않는 시.
　　그런 시를 쓰고 싶었다.
　　어쩌하나.
　　여전히 위장을 뒤틀리게 하는 참혹한, 이 시들을.

2024년 여름
서숙희

차례

시인의 말

제1부

제2부

제3부

제4부

제5부

제1부

A4에게

차갑고 매끄러운 관념을 베어 문
너는 사디스트다 너는 흰 관능이다

가벼운, 그러나 치명적인
키스를 숨긴 너는

반듯한 직사각형의 그 유혹 속으로
더 깊게 더 황홀하게 빠져들고 싶기에
오늘도 너를 탐하는,
내 문장은 피투성이다

와인글라스의 밤

오늘밤 누가 저 유혹을 파괴할까

어여쁜 악마가 한 발로 선 무게중심
톡 치면 깨끗이 쏟아낼
잘 익은 고백 같다

혀 뒤에 표정을 숨긴 매끄런 복화술사
몸과 몸 살짝 부딪는 위태로운 소리에
불빛이 소스라치며 15도쯤* 기운다

붉은 립스틱이 금지된 밤을 마시고
잔에 비친 반달의 배가 볼록하게 부풀 때

허락된 찰랑임으로 피는
알몸의 유리꽃

* 와인의 알콜 도수

파경

손거울을 보다가 그만 떨어뜨렸다
유리와 수은의 얇은 동거가 끝났다
파경은 그렇게 왔다
실수처럼 운명처럼

내 얼굴이 깨졌다
조각조각 웃는다
파안破顔과 대소大笑는 늘 붙어있어 왔지만
깨어진 거울 속에선
대소 없는 파안만 있다

최후는 쓸쓸할 뿐 슬프지는 않는 것
화장을 지우듯 기억을 지워내고
최선을 다한 파경은
호수처럼 고요하다

개기월식

이제 신의 시간을 천천히 거부하고

서슴없이 들 것이오
당신이라는 감옥에

갇혀서 삼엄한 그 슬픔을
둥글게 안을 것이오

그 안에서 죽어서
눈을 뜨고 죽어서
초월이나 영원 같은 말들은 다 버리고
한 덩이 몸 하나만을 환하게 사를 것이오

온몸으로 들이마신 합일의 검은 순간을
푸른 저 어둠에 걸림 없이 풀어 두고

그날 그,
흰 불잉걸로
살아 차오를 것이오

비문非文의 밤

우리 한때 따스한 꿈을 샀던 시장골목
목화이불 가게의 형용사는 지워지고

자꾸만 목화이불이
목하이별로 읽혔지

날것의 생살을 찢던 검은 맹금류가
날카로운 부리를 제 가슴에 묻듯이

맹서는 어긋난 문장을
붉게 꺾어 안았지

어느 무사가 조용히 피 묻은 칼을 씻듯
사랑의 문법은 덧없이 서늘도 하여

그 밤은
시제時制가 뒤섞인
가정법만 썼다 지웠지

체크무늬의 저녁

체크무늬 식탁보에서 저녁밥을 먹는다

체크 체크
수저 소리
환하게 반짝이며
체크는 각을 세워서 식탁을 점검한다

초대받지 않은 적막을 체크한 체크가
견딜만한 놈이라며 슬쩍 건네는 말

아무렴 혼밥의 참맛은
짜디짠 적막이지

판타지 풍으로*

— 영일만

보름밤이면 달은, 바다를 범한다
검은 맨살로 누운 알몸의 바다를
한사코 미끈대면서 달아나려는 바다를

한껏 부푼 중천을 단숨에 들이켜고
참았던 둥근 끈도 거침없이 풀어 던지고
바다의 검은 살 위에서 허옇게 달은 죽어
수천수만의 물고기 떼 일시에 부화하여
만灣 가득 비릿한 비늘 터는 소리들,

건너편 붉은 제철소가
쇳덩이를 쑥쑥 낳는 밤

* Sonata quasi una fantasia, 베토벤이 피아노소나타 14번(월광)에 붙인 표제

벽의 이중성

너로부터 도망쳤는데 도망치고 보니
다시 또 너였어
다시 그 자리였어
막다가 받아주다가 위안이다가 통곡인

너는 늘 난해했고 나는 자주 오해했어
너는 자주 고요했고 나는 늘 흔들렸어

울지 마
내 앞에서 산 같이
내 안에서 사막 같이

그, 랩소디처럼

엄마, 지금 막 사람을 죽였어요*
누구처럼 햇빛이 눈부셔서는 아니에요
잘못 낀 첫 단추처럼 첫 문장이 어긋났어요
끝낸다는 건 방아쇠를 당기는 거였어요
소리는 명쾌하게 전말을 관통했어요
끝끝내 발설 못한 배후도 평온히 잠들었어요

무덤처럼 튼튼한 테이블을 놓을 거예요
새하얀 식탁보를 반듯하게 거기 깔고
날마다 흰 구름밥을 짓고 또 지을 거예요
몇 날과 며칠을 구름밥을 먹고 먹어도
뭉게뭉게 돌덩이 같은 슬픔이 자란다면
천천히 그냥 슬프도록 그냥 둘 거예요, 엄마

* Mama, just killed a man, 퀸의 노래 '보헤미안 랩소디'에서

미스 보디빌딩

1
어떤 것의 극대화란 저런 것이 아닐까
가령 허무나 슬픔도 극대화하면
저처럼 질기고 단단한 역삼각형 힘이 될까

2
여자가
불끈대며
제 몸을
찢는다
스파크처럼
터지는 몸
여자가
저항한다

욕망은 한 육체에게 순식간에 제압된다

3
저것은 한 세계다 근육이 지배하는

그 밖의 모든 것은 깨끗이 흡입당하여

허무도 힘껏 허무한
슬픔도 힘껏 슬픈,

붓꽃엔 붓이 없다

나갈 문이 없었다
갇힐 벽도 없었다

나비가 되지 못했다
바람도 되지 못했다

캄캄한 우물 속으로
천둥이 몸을 던졌다

붓 닮은 꽃이 되어
꽃 닮은 붓이 되어

시늉이라도 해줄까
시늉하다 죽어줄까

써야할 첩첩 문장들이
첩첩 먹물 다 삼킨 밤

저녁의 두부

두부를 만지는 두부 같은 저녁은
적당하게 무르고 적당하게 단단하다
꾹 다문, 입이 몸이고 몸이 입인 흰 은유

으깨져 닫혀버린 축축한 기억들
경계도 격정도 고요히 순장되어
창백한 무덤으로 앉은 한 덩이 직육면체

잔뼈처럼 가지런한 알전구 불빛 아래
표정 없이 저무는 식물성 적막 속으로
수척한 자폐의 저녁이 허기처럼 고인다

잘못 뜬 스웨터를 푸는 시간

실 하나로 연결된 몸통이 해체된다
허리가 무너지고 배와 가슴이 사라지고

잠깐을 울컥하는 사이
생生은 목만 남았다

제2부

빈

빈, 하고 네 이름을 부르는 저녁이면
하루는 무인도처럼 고요히 저물고

내 입엔 셀로판지 같은
적막이 물리지

어느 낮은 처마 아래 묻어 둔 밤의 울음
그 울음 푸른 잎을 내미는 아침이면

빈, 너는 갓 씻은 햇살로
반듯하게 내게 오지

심심한 창은 종일 구름을 당겼다 밀고
더 심심한 나는 구름의 뿔을 잡았다 놓고

비워둔 내 시의 행간에
번지듯 빈, 너는 오지

국수를 삶는 저녁

촘촘한 체 같은 어스름이 번져 오고

사랑니 뽑혀 나간 동그란 아픔 위에

봄 저녁 물 끓는 소리 무심하게 고이는데

만지면 부서질까 당신의 마음 가닥

가늘고 빳빳한 쓸쓸의 올올들이

뜨겁게 곤두박질치며 물속에서 몸을 푼다

참았던 시간들을 찬물로 헹궈 내면

어쩜 몇 가닥쯤은 당신에게 가닿아

반음쯤 낮은 자리에서 흰 음계로 울어줄까

마침내,

운명의 플롯은 위험하고 감미로웠지
추리와 의심이 사색을 다 빨아들이자
마침내,
색이 다른 혐의는 안개를 파먹었지

바다 멀리 던진 기억은 파도를 다 삼켰지
쓰다 만 젊은 서사는 내 안에서 늙어가고
마침내,
헤어질 결심*을 모래 속에 파묻었지

파묻는 건 숨기는 것 숨기는 건 간직하는 것 미결의 사건
으로 당신 안에 들어서
마침내,
당신의 심장을 영원히 가지는 것

* 박찬욱 감독의 영화

라면

한 방울 이 잉크가 내 마지막 피라면
피를 찍고 살을 에도 쓰지 못할 편지라면
이 편지 수신인이 없어 저 허공이 답신이라면

라면은 퉁퉁 불어 목젖 컹컹 붓는데
라면은 뚝뚝 져서 눈물 훅훅 지는데
라면은 길 아닌 길을 구불구불 가는데

딥클렌징

하루를 마치고서 세수를 하는 저녁
두껍고 기름진 낮의 표정을 씻어낸다
딥딥딥 깊게 문질러
푸푸푸 뱉어낸다

파운데이션 위에 얹힌 과장된 명랑과
파우더로 눌러 놓은 욕망의 두께를
손 가득 거품을 내어
딥딥딥, 푸우 푸푸

오늘도 파란 녹이 낀 구리거울 속*에는
참회록 따위는 쓰지 않을 얼굴 하나

내일도 습관적 딥딥딥에
관습적 푸푸푸다

* 윤동주 시 '참회록'에서

맨발의 베이시스트*에게

나는 동굴이오
텅 비어서 캄캄한

단 한 줄 깊고 깊은 울음의 선율을
팽팽한 먹줄을 당겨 내 몸에 새겨주오

먼 나라 먼 얘기의 그 한 장면처럼
잘 벼린 칼보다 더 얇고 슬픈 활로
천천히 피 한 방울 없이 내 살을 베어 주오

짙붉은 드레스를 흰 맨발이 잘라먹고
긴 현이 제 소리를 삼키는 무대 위에

무너져, 나는 눈멀 것이오
아다지오 아다지오로

* 더블베이시스트 성미경은 맨발로 독주무대에 선다

피아노

무겁고 검은 그 차도르를 걷어라, 어서
그 입에 물린 어둠을 열어젖혀라, 어서

가뒀던 희디흰 말들
쏟아라 어서!
차르르 쾅쾅

달과 음악과 책의

밤의 먼 이마 위에 달이 높이 떠있다

밤의 둥근 허리쯤을 음악이 감고 있다

밤의 발 근처쯤에서 책 한 권이 펼쳐졌다

달과 음악과 책 사이에 존재하는 이것은

비물질적으로 채워지는 아득한 이것은

서로를 관계하면서 관계치 않는 이것은

미지의 말씀으로 온 고전적인 신생 같은

중력을 말끔히 벗은 밤의 자장磁場 안에서

고요히 확장되는 아르케, 달과 음악과 책의

술 익는 밤

오래된 선율 위로 알코올이 미끄러지고 외줄 아다지오는
G선에서 충혈되고 제단에 바쳐진 밤은 만발한 꽃밭이고

되새김 거듭할수록 알코올은 선명하여 선명한 알코올에
기억들은 역류하여 역류한 기억들이 그 밤, 실지렁이처럼
엉기어

마티에르, 박수근展

어머니, 이제 그 헐벗은 등을 내려놓아요
젖은 무명수건 속 그 머리를 풀어헤쳐요
첩첩이 가두어 묻은 그 허기도 쏟아버려요

칼로 쫀 듯이 아픈 시대의 질감을
순수의 붓으로 덧칠하고 덜어내니
가난은 그저 담담하여
다만 희고 검을 뿐

받아들인다는 것은 저런 것이겠다
궁핍과 결핍이, 황량과 쓸쓸이
표정을 다 지우고 남긴
정직한 무채색 같은

냉장고 토르소

몸통만으로
태어났기에
표정을알수
없다평생을
그자리에서
가슴다파먹
히고도절대
적충직함의
온도를숙명
처럼품었다

미역이 불을 동안

마른 미역 한 올이
물속에서 몸을 푼다

첫 것의 비릿함이 미끈대며 살아나고
물먹은 미역줄기가 탯줄같이 탱탱하다

내 엄마의 엄마와 또 그 엄마의 엄마, 나와 내 딸과 딸의
딸에게로 이어지는, 한 덩이 붉은 생명이 어둠을 밀고 나온

바다처럼 깊고 검은 머리칼을 풀어헤치고
푸들푸들 벋어나는 푸른 산도를 따라
활짝 핀 모계의 봄이 둥근 집으로 빨려든다

쐐기를 박다

한때를 반짝이던 것들이 떠나가고
예각으로 잘려진 조각 케이크 하나
뾰족한 기억의 쐐기처럼
빈 접시에 앉았다

달콤함의 내부는 죄수처럼 캄캄하거나
깨어진 유리처럼 슬플 수도 있음을
몰랐다, 혀가 굴복하던
부드러운 그 순간엔

포크가 닿지 못할 단단한 사용처
다시는 갈망하지도 떠올리지도 말 것

어긋난 약속의 틈에
힘껏 쐐기를 박는다

시외버스정류장

낡은 엔진 소리와 찌든 기름 냄새가

단물 빠진 껌 대신 찌걱찌걱 씹히던 곳

목 졸린 청춘의 토막들 함부로 뱉었던 곳

떠나지 못한 죄는 압수된 채 눌어붙어

컴컴하던 물증도 이젠 환히 늙었으니

후, 불면 날아 가버릴 다 저문 알리바이

제3부

방울들

밤사이 비가 왔다
빗방울
빗방울들

이 아침 해가 떴다
빛방울
빛방울들

밤새운 내 문장에는
흙방울
흙방울들

시는 왜 짠가

눈물은 왜 짠가*
어느 시인이 말했다

충혈된 삼투압의 짜디짠 시를 씹는 밤

시는 왜,
시는 왜 짠가
밤이 울컥 묻는다

* 함민복의 시

젖은 시

우울한 장마 속에 비를 맞고 온 시가
젖은 채 우편함에서 차갑게 식은 시가
햇볕에 종일 말려도 끝끝내 젖은 시가

독자가 울기 전에 먼저 울지 않으려고
이중 삼중의 장치로 꽁꽁 여몄지만
행간은 퉁퉁 불어서
끝 단추가 터졌다

눈물은 채찍이다
시의 종아리를 치는
눈물은 대못이다
시의 관절에 박힌

함부로 울지 않는 밤
젖어서 단단한 시

시가 되는 밤

울퉁불퉁 말들이 마른 혀를 찢었다
혀를 찢고 나온 말들이 저희끼리 싸웠다
싸우고 또 싸우느라 온통 피투성이다

입술이 터지고 이빨이 부러지며
한바탕 적자생존에 살아남은 말들이
간신히 자리를 찾아 시의 대열로 앉았다

마침표를 찍고 나자 하얗게 늙어버린 밤
달빛도 핏발이 선 채 기진하여 사위는
그 밤은 시가 되는 밤, 한꺼번에 몇 년을 산

수국과의 하루

웃음은 떠나가고 보조개만 남았네

하나씩 보조개마다 생각들이 글썽이네

언약은 여물기도 전에 벌써 땅에 졌는데

오목한 보조개들 세고 세는 이 하루

저물도록 세어 봐도 오지 않는 푸른 이름

초저녁 혼자 나온 달이 어깨 가만 기대네

로즈타투*

그냥 꽃일 뿐이에요 지지 않는 검은 꽃

맨가슴 맨살에 핀 지독한 향기의 꽃

바늘이 찌른 상처 위에 피보다 곱게 핀 꽃

절벽에 핀 죄 하나 위태로이 꺾었던

그날의 붉은 장난, 한 송이 꽃만 남아

아, 그냥 꽃일 뿐이에요 지지 않는 검은 꽃

* 페리코모의 노래, 트로트가수 조명섭이 커버함

포괄적인 수국

1.
멀리서 보면 기쁨
가까이서 보면 슬픔
멀리서 보면 외침
가까이서 보면 속삭임

멀리선 푸른 뺨이다가
가까이선 분홍 보조개

2.
잊자고 하고 보면 손톱자국 남은 통점
잊지 말자 하고 보면 헛말처럼 늙은 웃음

잊은 듯
못 잊은 듯이
중의법으로 피는, 너

수국을 위한 변명

붉은 저 가계家系에서 푸른 꽃이 피었다고
수군대지 말아요 수국 뒤에서 수군수군
말 못할 사정과 사연 수국이라고 없을까요

어제의 맵고 짠 진심 같은 변심에
오늘의 시고 떫은 변심 같은 진심에*
꺾이고 무너지면서 첫 마음 놓쳤겠죠

일편의 단심은 뿌리도 못 내렸는데
강요하지 말아요 넌 붉어야 한다고
가만히 그냥 보아요 푸른 진심 혹은 변심을

* 수국의 꽃말은 변심·진심 등이다

난청에 들다

환한 듯 컴컴한 듯 서녘의 귀 한쪽이
이른 듯 늦은 듯 반쯤 이운 생 한쪽이

짝 없는 신발을 신고
더듬더듬 멀어졌다

남겨진 달팽이관
웅크린 흙집에는
적막의 긴 꼬리가 이명처럼 고이고
소리들, 그늘만 남아
아득히 저물어가는

너에게 가는 길의 흙바람 행려 같은
여전히 오지 않는 기다림의 대답 같은

외이도
거기서부터
내이도까지의 길 혹은 섬

극세사 이불의 효용성

새까만 참빗이

촘촘히 밤을 빗는다

가늘디가는 잠의 가닥

가지런히 눕는다

발그레

이불 아래서

잇몸처럼 피는 숨결

자목련 봉오리

꼿꼿한 그의 붓이
피를 흠뻑 머금었다

하늘 향해 거꾸로 든 역모의 붓대

막 터진 첫 문장의 흉터
붉고도 눈부시다

좋아서 좋은 것들

써도 좋고 안 써도 좋은 글 몇 줄 끄적이는

들어도 좋고 안 들어도 좋은 음악을 듣는

잊어도 안 잊어도 좋은 먼 이름을 지우는

다시 그 섬에서

사람이 온다는 건 어마어마한 일이라는데*
사람이 가는 건 왜 사소한 일일까요

사람이, 한 사람이 가는 건
아무렇지 않다는 듯

그냥 덜컥 던져주고 가버린 섬에서는

여전히 꿩이 울고
고추잠자리 날으는데

오름은 돌아앉아서
빈 등만 보이는데

* 정현종의 시 '방문객'에서

제4부

돌멩이의 내력

아스팔트 길가에 뒹구는 돌멩이 하나
아무도 쥐려 않는 뭇발길에 채일 뿐인

한 시절, 던지고 던졌던
저항과 반항의 이름

가질 수도 쥘 수도 없는 것들을 놓아버리고
막다른 골목에 핀 불온의 꽃을 꺾어든 채
젊음은 컴컴한 창고처럼 우두커니 늙어갔지
광장이 번성하자 발자국들은 잊히고
길들여진 혀들은 개인주의를 달게 핥고
함성은 소리치지 않고 다만 저물 뿐이지

더 이상 쓸모를 잃은 오늘의 저 돌멩이
내 낡은 자술서에 똑바로 던져보면

답 아닌
답이 돼줄까
파문이나 질문 같은

이팝꽃 변천사

예전엔 이팝꽃이 밥, 밥하며 피었지요

요즘엔 이팝꽃이 팝, 팝하며 터져요

나중엔 밥도 팝콘도 거짓말이 되겠지요

지구는 지금

아파트 분리수거장에
지구본이 버려졌다

그로기 상태로 링 구석에 처박힌 몸
누군가 저 회생불능에 수건을 던져야한다

절묘한 기울기며 둥근 몸이 무너졌다
수거용 스티커가 퇴출을 선언하자
마침내, 절룩거리던
자전이 멈추었다

이미 녹은 빙하가 탁한 피로 엉기어
적도까지 내려와 신음으로 굳어버린,

캄캄한 궤도 밖으로
곧 실려 나갈
푸른 별

산의 몸통이 잘렸다

큰길을 내려는지
산의 몸통이 잘렸다

쏟아지려는 내장을 가까스로 움켜쥐고
나무의 푸른 몸을 힘껏 떠받치고 있다

뚝뚝 듣는 붉은 살점 뿌리마다 내주고
나무들이 안전하게 옮겨지는 그 순간

우르르 쏟아지는 내장

산의 숨이
턱 멎었다

태풍전야

기상 상황을 전하는
티브이가 다급하다
고요와 정적이
바짝 엎드린다
불길한 야생의 냄새가
불빛에 번들거린다

한껏 숨을 빨아들인
예측불허의 짐승
속수무책의 커튼에
검게 흔들리는 창
지상의 모든 퇴폐들이
맨몸으로 불려나온다

행운목은 행운이다

목과 팔 다리까지 잘려진 토르소처럼
몸통만 남은 행운이 접시 물에 앉았다
한 토막 뭉툭한 저 삶, 대책 없는 견딤이다

머리가 없어 표정을 읽을 순 없지만
잘려서 내어주고 내줘서 잘려진 삶
어차피 이생망*이라 반쯤은 놓았겠다

그런데 웬일인가 오늘 아침 돋은 새잎
행운은 잘린 채로 바닥까지 내려가서
밤새워 밀어 올렸나 보다 한 잎의 초록을

얇은 접시에 꽉꽉 눌러 물을 채운다
반쯤 놓은 생을 힘껏 빨아들인 내일쯤
뚝 잘린 비정규직에도 푸른 소식 돋겠다

*'이번 생은 망했다'를 줄인 말. 주로 젊은 층에서 자조적으로 쓴다.

위험한 우회전

왼쪽은 불온했다
은밀한 유혹처럼

내 젊은 한때가 동경했던 그곳은
가서는 아니 되는 곳
마음부터 겨누던 곳

늙은 방향감각에 의심 없던 오른쪽이
뻣뻣한 뒷덜미를 덜컥 낚아채는데
핸들을 틀기도 전에
위험이 먼저 당도했다

노인과 길

노인의 등허리가 십오 도로 굽었다
언덕의 등허리도 십오 도로 경사졌다
키보다 높은 수레가
허리쯤에서 용을 쓴다

노인이 끄는 것은 짐수레가 아니다
노인의 낡은 신발을 바짝 물고 있는
쉽사리 당겨지지 않는
저 길을 끄는 것이다

끌면 끌수록 끌려오지 않으려는 길은
짐수레의 안간힘과는 상관이 없어서
오늘도 무게중심을
뒤쪽으로 두었다

통째로 깡마른 삶 하나가 긴 곳이
짓눌린 폐지인지 찢어진 페이지인지
아무도 알 필요가 없다
질긴 저 길 또한

고독이 죽었다

오늘 조간신문에 보도된 한 죽음
고독이 죽었다고 고독사, 라고 한다
고독은 이름 그대로 전설처럼 외로웠다

외롭다는 건 높고도 깨끗하다 했기에
가파른 골목 끝은 동네에서 젤 높았고
통장은 가부좌를 튼 채 묵언수행 깨끗했다

고독이 죽고 없으니 고독 없는 여기는
벽에 갇힌 혼잣말이 마침표를 혼자 찍는
눈물도 살이 오르고 가난도 아늑한 곳

이슈와 티슈

이슈를 먹다 얼룩진 입 티슈로 닦느니, 낳고 먹고 먹고 낳은 이슈에 또 이슈, 실시간 쏟아지는 이슈들 티슈보다 가벼운

세 치 혀를 숨긴 채 꼬리 슬쩍 올려도, 얇은 티슈 한 장이면 싹 닦여나갈, 잡스런 이슈의 얼룩들 덕지덕지 묻어나는

닦는 일에 길들여진 나긋나긋 티슈 티슈, 독이 번져 다 헐은 이슈의 밑구멍을, 어느 날 사금파리가 되어 확 긁을지도 모르는

능행

아버지, 보시어요 당신께로 가는 이 길
우러러 눈부신 위엄, 삼엄토록 장엄한
아무도 능멸치 못할 천둥 같은 천륜의 길을
억조창생 더디 흘러 마침내 이르렀으니
캄캄한 한의 집을, 짓찢던 울분의 벽을
늠름히 나오시어요 부릅뜨고 오시어요

갇힌 봄

종일 일촉즉발,
그가 오길 기다렸지만
만삭의 꽃들은
가쁜 숨에 멍이 들고
하루는 골동품처럼
골똘하게 견디네

촌철살인, 그는
어느 시간을 헤매나
마성에 마비된
마스크는 주눅 들고
그 안에 굳어진 혀는
붉은 녹만 삼키네

백발이 다된 채
주저앉은 백발백중
먼지 앉은 기억 속에
과녁을 접어 두고
엎드린 계절의 등만
실없이 겨눠보네

음소거의 계절

소리를 삼켜버린 계절이 있었다
얼굴을 가려버린 계절이 있었다
표정을 읽을 수 없는 계절이 있었다

정지된 화면 너머 창밖은 텅 비었고 꽃도 잎도 제 색깔을
빼앗겨 버린 채 침묵 속 흑백의 악취만 뭉글뭉글 피웠다

사람은 멀어지고 길 또한 깊어졌다
사이와 사이마다 관계성이 지배했다

필름을 씹은 영사기는
몇 달째 말이 없다

익숙한 무대

막이 오르면 하루가 하품을 한다
지문도 대사도 없는 커다란 입 하나
따분한 진공을 물고 여전히 넌버블이다

라디오는 저 혼자 구석을 배회하고 소파는 시큰둥 원인
모를 표정이고 식탁은 골똘한 자세로 사색을 씹고 있고

등장인물 1인은 방구석 1열 관객
독백도 방백도 지워진 대본에서
넓은 잎 고무나무는 입이 더 넓어졌다

제5부

청라언덕

갈래머리 소녀들
푸르게 깔깔댈 때

반음씩 올라가던
붉은 벽돌 아흔 계단

지금쯤
동무 생각이
백합처럼 피었겠다

고분고분 가을 고분

천년 세월쯤은 한 손에 얹고 비추는
환한 볕살 나눠 덮고 벌초에 든 고분들
머슴애 뒤통수처럼
고분고분 순하다

가을볕이 손수 든 바리캉 아래에서
슬며시 금관 벗고 수긋하니 디민 머리
바람이 쓰윽 쓰다듬으니
고분고분 고분들

참하니 잘 다듬어진 평화로운 저 위엄
천년 이불 가벼이 다시 또 당겨 덮고
혼곤히 맑은 잠에 드는
고분고분 고분들

달과 구름

보름달이 구름 속으로 성큼성큼 들어갔다

시커먼 구름 덩이가 쿨렁쿨렁 흔들렸다

구름을 나온 보름달, 보폭이 더 크고 희다

여름 등산

무성한 여름산의 아랫도리가 열렸다

잘 익은 초록에 바람의 혀가 닿을 때면
그늘은 진저리 치듯
비린내를 쏟아냈다

경사가 급해질수록 훅훅 내뱉는 숨을
산은 허파를 열어 흡흡 받아먹으니
가파른 등산의 체위에
걸음이 가빠졌다

마침내 오른 정상은 신선하고 신성하여
내뱉고 빨아 먹힌,
밟고 밟힌 것들이

땀 절은 죄를 씻고서
쾌快와 선仙에 들었다

강원도의 여름

강원도의 여름을 빽빽하게 채우고 있는
새파란 색
새하얀 색
그 아래 진초록 색
하늘과 구름과 산의, 선명한 삼색 조화

신이 만든
첫 하늘과
첫 구름과
첫 산이

태초의 그 자리에서 태초처럼 깨끗하다
햇살이 쏟아져 내려도 까딱없이 팽팽하다

그렇게 가을은

금방 뜯겨지고 마는 담벼락 전단지처럼
염소의 까만 눈에 잠시 비친 구름처럼

가을은 그렇게 왔다가
가버렸다

당신처럼

거울 같은 겨울 아침

기침을 하면은 깨질 듯이 깨끗하여
작은 나의 세상이 닦은 듯이 고요하여

흰 티슈 세 장을 썼다
세 번을 울었다

어머니의 손톱깎이

손톱깎이라는 도구를 평생 써본 적이 없다

그 한 몸 그 한평생
논일 밭일 들일 산일

칠남매 자식들까지 모두가 손톱깎이였다

뒤틀리고 주저앉은 아흔 살 손톱을
잘 드는 금속성으로 깎아드려 보려는데

돌처럼 굳은 손톱에
튕겨나간 쓰리세븐*

* 손톱깎이 제품명

시보다 먼저

아직 시 한 줄을
시 한 줄을 못 썼는데

시보다 먼저 오네
저녁이 먼저 오네

저 혼자 빈 밥을 먹고
저 혼자 저무네

시는 하마 다 썼는데
밤은 아직 남았는데

시보다 먼저 젖네
먼 별이 먼저 젖네

젖은 밤 저 혼자 넘네
다 쓴 시가 혼자 넘네

무채를 쓰고 시를 썰고

도마 위에 뭉툭하니 누운 무를 썬다
칼날이 비칠만큼 얇고 곱게 썰고 싶다

무에서 색이 나오도록
색에서 무가 나오도록

어느 시인은 무채無彩의 시를 쓴다 하였다
그 시인보다 더 오래 시를 써왔는데도

내 시는 아직 얼룩이다
내 삶 또한 그러하다

무채와 시가, 썬다는 것과 쓴다는 것이
무슨 인연도 아니고 인과도 아닐 텐데

시처럼 무채를 쓰고
무채처럼 시를 썰고

무심천

그냥 거기 있었네 무심하게 있었네

흐르는 듯 머무는 듯 있는 듯 없는 듯

뜻 없이 우연한 것들 시름없이 속없이

경상도도 아니고 전라도도 아닌 곳

늦가을 빈 소쿠리의 사투리 몇 개 같은

몇 걸음 뒤에 와서도 바쁘지 않을 충청도에

먼 어디 닿아도 좋고 아니어도 좋겠네

말라버린 물비린내 같은 몇 잎의 사연

이제는 놓아 보내려네 저 느린 무심에

국립경주박물관에서

뒤뜰에 얼굴 없는 부처를 보고 오는데

앞뜰에 불두화가 둥그렇게 피어있다

부처는 얼굴을 모두,

꽃에게 바쳤나보다

공명하는 경험적 진실

– 서숙희 시집 「빈」의 현대성

허 희(문학평론가)

공명하는 경험적 진실

― 서숙희 시집 「빈」의 현대성

허 희(문학평론가)

1. 현대에 시조를 쓴다는 것의 의미

국악방송 라디오 아침 프로그램 진행자로 활동한 적이 있다. 프로그램 제목을 따 이른바 '햇살 지기'로 지내며 판소리는 물론, 산조·아리랑·시조창 등을 아우르는 많은 고전 국악을 들었다. 덕분에 가요나 팝 위주의 음원 차트 TOP 100에 한정되었던 음악 취향을 넓힐 수 있었다. 현대 국악도 적잖게 접했다. 전 세계를 무대로 활약하는 크로스오버 그룹 잠비나이 등을 통해 현대 국악이 얼마나 다채롭게 법고창신하는지 확인할 수 있었다. 국악이 낡았다는 고정관

념이야말로 고리타분한 태도에 지나지 않음을, 오늘날 국악인들은 참신한 사운드의 구현과 관객과 적극적으로 호흡하는 공연으로 증명해 낸다.

현대 시조를 읽으면서 비슷한 생각을 했다. 알려진 대로 시조는 고려 말에 출현하여 조선 시대 정립된 정형시를 가리킨다. 신라 때 유행한 향가 이후로 부재하던 서정시의 영역을 재구축하자는 공통 감각, 그리고 새로운 시대에 변화하는 정서를 담을 세련된 양식이 필요하다는 문제의식이 시조를 탄생시켰다. 장황하기보다는 정갈한 3장 6구 12음보의 기본 형식은 대상에 관한 감상, 감상의 주체인 자아를 표상하는 데 특화되었다. 지배 이데올로기를 긍정하기 위하여 창작된 동시대 악장이나 경기체가 같은 장르와 비교하면 시조가 지향한 감정적 보편성의 힘은 더욱 두드러진다. 그래서 시조는 가창 영역과 분리돼 현대에도 계속 살아남을 수 있었다.

그렇다고 현대 시조를 창작하는 문인들의 고민이 없는 것은 아니다. 예컨대 서숙희는 원본의 절대성을 교란하는 복제의 물결 속에서 "시조의 새로움은 어디에서 어떤 식으로 찾아야 하며 무엇으로 이른바 '현대성'을 확보할 수 있을까."(「차이와 전복의 시뮬라크르, 시조도 가능한가」, 『시조21』 2024년 봄호) 하는 질문을 던진다. 수백 년 전과 다른 감성 구조가 형성될 수밖에 없는 현 사회에서 과거를 답습한 시조를 쓰는 행위는 무의미하기 때문이다. 직접 쓴 시론에서 그녀는 '현대 시조'라는 조어 자체가 어색하게 느껴진다면서, "정돈된 형식 안에 언어를 정연하게 배열해 놓고 보면 시각적으로는 물론이고 시조가 담은 내용 또한 어디서 읽은 듯한, 기시감과 클리셰를 떨칠 수가 없다"(「시조라는 운문의 완성을 꿈꾸며」, 『시조시학』 2022년 봄호)고 토로한다. 이에 해당 글에서 서숙희가 내놓은 답안은 다음과 같다.

"시조의 정형은 한국어를 쓰는 사람들에게 공인된 최소한의 형식적 보수성을 가진, 더할 것도 뺄 것도 없는 운문의 집인 것은 분명하다. 이 정형의 집이 반드시 기와집이거나 초가집이어야 하는 것은 아니라고 생각한다. 대리석으로 된 양옥집이어도, 유목민의 그것 같은 이동식이어도 상관없을 것이다. 무게든 부피든 미학적 총량, 혹은 총량적 미학이면 된다는 생각이다. 현대 시조라는 집을 어떻게 짓느냐, 그 안에 무엇을 들이느냐 어떻게 배치하느냐의 기준에 '시조스러움'을 염두에 두지는 않을 것이다. 격조니 품격이니, 전통이니 민족이니 하는 무거움도 생각하지 않는 시조 쓰기를 지향하고 싶다." 시조의 정형을 집으로 비유하되, '미학적 총량'을 달성하면 특정한 형태를 굳이 고집할 필요가 없다는 그녀의 시적 태도는 품이 넓다.

또한 서숙희는 너무 많은 요소를 계산하기보다는, 자연스러움에 기초하여 내용 형식이 어우러지는 시조 창작을 주장한다. 그러는 데 스스로 표방하였듯 "오늘의 무늬와 여기의 질감을 담아내려"는 노력이 요구된다. 이러한 시론에 근거하여 그녀는 1990년대부터 현대 시조를 써온 셈이다. 이론적 정리 작업이 최근에 이루어졌을지라도, 그에 관한 실천은 이미 첫 시조집 『그대 아니라도 꽃은 피어』부터 꾸준히 전개 되어왔다. 더불어 서숙희는 "시조는 순간을 포착하는 문학으로 언어를 최대한 아껴야 한다. 언어와 언어 사이의 관계성까지 계산해야 한다. 언어는 짧으나 울림과 여운은 깊고 길어야 한다."라는 입장을 견지해 왔다. 본인이 피력한 바 "시조가 지닌 딱 떨어지는 깔끔함, 말하지 않고 말하는 시조에 매력을 느꼈기" 때문이리라. 이와 같은 맥락을 염두에 두고 그녀의 다섯 번째 시조집 『빈』을 독해하지 않으면 안 된다. 시력詩歷 30여 년에 달하는 경험적 진실의 깊이가 만만할 리 없다.

2. 「빈」 자세히 읽기

빈, 하고 네 이름을 부르는 저녁이면
하루는 무인도처럼 고요히 저물고

내 입엔 셀로판지 같은
적막이 물리지

어느 낮은 처마 아래 묻어 둔 밤의 울음
그 울음 푸른 잎을 내미는 아침이면

빈, 너는 갓 씻은 햇살로
반듯하게 내게 오지

심심한 창은 종일 구름을 당겼다 밀고
더 심심한 나는 구름의 뿔을 잡았다 놓고

비워둔 내 시의 행간에
번지듯 빈, 너는 오지

표제작을 살펴보는 일로 먼저 이번 시조집의 분위기를
대략적으로 가늠하려 한다. 평범하게는 이 작품을 1연부터
6연까지 한 편의 시조로 간주하고 한꺼번에 읽어 내려갈
수 있으리라. 또는 1연과 2연, 3연과 4연, 5연과 6연을 묶어
세 편의 연시조로 파악할 수도 있다. 나는 어떤가 하면, 독
자로서 권리를 최대한 발휘하여 시인의 의도와 어긋날지
언정 이 작품을 두 수로 짜인 연시조로 보는 편이 좀 더 풍
부한 해석을 가능하게 하리라 생각한다. 1연부터 3연까지,
4연부터 6연까지를 각각 평시조 1수로 파악하는 것이다.
흥미로운 점은 어떤 접근 방식을 취하든 3연과 4연 사이에
의미론적 긴장이 발생한다는 사실이다. "어느 낮은 처마 아

래 묻어 둔 밤의 울음 / 그 울음 푸른 잎을 내미는 아침이면"이 그 자체로 종결되든, 아니면 "빈, 너는 갓 씻은 햇살로 / 반듯하게 내게 오지"로 이어지든 상관없다. 중요한 것은 이 시조의 최종장에 해당하는 6연 "비워둔 내 시의 행간에 / 번지듯 빈, 너는 오지"가 3연과 4연 사이에 의미론적 긴장을 그대로 예증한다는 데 있다.

1음절 명사 '빈'이 여럿 존재하지만, 이 시조에서는 "비워둔 내 시의 행간"이 지시하는 바 동사 '비다'의 활용형으로 쓰였다. 이 단어는 표준국어대사전에 "일정한 공간에 사람, 사물 따위가 들어 있지 아니하게 되다."라고 풀이 되어 있다. 뜻 그대로 '빈'은 상실과 결여의 현재형이다. 그러나 외롭고 쓸쓸한 느낌만 가득하지는 않다. '빈'의 또 다른 풀이에는 "욕심이나 집착 따위의 어지러운 생각이 없게 되다."라는 기술도 있다. 흔히 마음을 비워야 한다고 표현하는 상황이 그러하다. 무언가를 가득 움켜쥐고 있으면 그것에 휘둘리기 마련이다. 그럴 때 '빈'은 헛된 욕망을 경계하는 성찰의 언어로 기능한다. '빈'을 둘러싼 다양한 속성을 고려하면, 상실과 결여의 부정성과 긍정성이 모순되지 않음을 알게 된다. 서숙희는 전자를 이 시조의 1수로, 후자를 2수로 형상화한다.

어느 한 면만 다루었다면 이 작품은 독자에게 그리 깊은 인상을 남기지 못했을 테다. 양자의 절묘한 균형점이야말로 그녀가 이 시조집 전체를 어떻게 구성하고 배치하는가를 드러내는 지표이다. 이제 시조의 세부를 살펴보자. 1수와 2수 초장에서 시적 주체는 '빈'이라는 이름을 부른다. (실제로 '빈'이라는 이름을 가진 이들이 있다는 점에서, 그를 호명하는 행위는 특정 대상을 환기하는 이중적 효과를 발생시킨다.) 그럼으로써 '비다'는 품사 차원의 동사가 아니라 현실 차원의 실체로 변모한다. 상실과 결여는 결코 추상적이지 않다. 이는 삶에 지대한 영향을 끼친다. 시적 주체뿐 아니라 우리 모두에게 적용되므로, 상실과 결여는 서정시의 영원한 주제가 될 수밖에 없다. 정철이 지은 옛시조 "길 위의 두 돌부처 벗고 굶고 마주 서서 / 바람 비 눈 서리 맞도록 맞을망정 / 인간 이별을 모르니 그를 부러워 하노라"도 마찬가지이다. "인간 이별"은 동서고금을 막론하고 사람과 사람 사이에 놓여 있다.

특히 한낮의 활동성이 사그라드는 "저녁"에는 '빈'이 틈입하기 쉬워진다. 시적 주체가 그의 이름을 불렀다기보다는, 저녁이 그를 소환했다고 보는 편이 맞으리라. 무언가 텅 빈 저녁은 "무인도처럼 고요"하고 "적막"하다. 고독이 "밤의 울음"을 데리고 온다. 주목할 점은 이것이 끝이 아니라는 데 있다. 시적 주체는 그 다음의 시간 "울음 푸른 잎을 내미는 아침"을 예비한다. 앞에서 언급한 대로 3연에서 종결되더라도 의미론적 긴장은 지속된다. 아침이 도래한 이후를 여백으로 남기고 '빈'의 자취를 독자로 하여금 상상하게 만드는 까닭이다. 동시에 이는 이 작품을 상실과 결여의 부정성으로만 국한시키지 않는다는 점에서 입체성을 띤다. 시적 주체는 어떤가 하면 3연과 밀접하게 결부될 수도, 혹은 무관하게 읽힐 수 있는 구절로 4연─2수의 초장을 시작한다.

여기에서 '빈'은 시적 주체가 부르지 않아도 "갓 씻은 햇살로 / 반듯하게 내게 오"는 모습을 보인다. 3연─1수의 종장에서 준비된 상실과 결여의 긍정성이 본격적으로 거론된다는 뜻이다. 5연의 형용사 '심심하다'는 중의적으로 읽힌다. 직관적으로 '심심하다'를 지루하고 재미없다는 의미로 받아들이는 독자가 있을지도 모르겠다. 무언가 자신에게 있어야만 따분하지 않다고 여기는 이들에게 '빈'은 곧 무미건조한 상태에 지나지 않으리라. 그러나 전술한 대로 무언가 없음으로써 얻어지는 해방감의 '빈'도 있다. 그렇게 보면 이 작품에서 심심하다는 표준국어대사전에 기술된 바 "마음의 표현 정도가 매우 깊고 간절하다."로 받아들여도 무방하다. "심심한 창은 종일 구름을 당겼다 밀고 / 더 심심한 나는 구름의 뿔을 잡았다 놓고"를 창밖에 구름이 떠 있는 무료한 풍경, 이를 바라보는 시적 주체의 권태로움을 서술한 구절로만 읽어내면, 이 시조가 가진 해석의 다층성을 폐색하기 십상이다.

생물이 아닌 '빈'이나 '창'을 살아 있는 듯 표상한다는 물활론적 관점도 특색 있지만, 그보다 핵심적인 사안은 "마음의 표현 정도가 매우 깊고 간절"한 심심함에 의해서만 이 같은 현상이 발생한다는 데 있다. 무언가 비어 있어 심심할 수 있으나 그러하기에 역설적으로 심심甚深할 수 있는 것이다. 이를 전제해야 6연이 이질감 없이 납득된다. 위에서 "비워둔 내 시의 행간에 / 번지듯 빈, 너는 오지"가 3연과 4연 사이 의미론적 긴장을 그대로 예증한다고 써두었다. 부연하면 3연과 4연 사이의 단절 또는 연결에 내재된 공백이 시적인 순간을 창출한다는 말이다. 그렇다면 언어의 공백 없이 꽉 채워진 글쓰기는 어떤가. 이것은 시적인 순간의 발현을 포기하는 대신 산문적 설득력을 얻는다. 둘의 쓰임이 다른 것이다.

그 사실을 감안해야 "비워둔 내 시의 행간에 / 번지듯 빈, 너는 오지"가 동어반복이 아님을 이해할 수 있다. "비워둔 내 시의 행간"에 '빈'이 애초에 스며 있다는 말이 오류는 아니다. 그렇지만 1수를 거쳐 2수의 막바지에 이른 이 시조에서 '빈'이 가진 함의는 "비워둔 내 시의 행간"의 '빈'과 동일하지 않다. 후자만으로도 시는 되겠지만, 전자가 더해져야 언어의 경제성을 짚어낸 서숙희의 시론처럼 시조의 "울림과 여운은 깊고 길어"진다. 이에 입각하여 상실과 결여의 양태도 비탄을 야기하는 부정성에서 창조를 끌어내는 긍정성으로 전도된다. 그러기에 이 작품은 '빈'의 존재론을 확장하고 심화하는 한편으로, 시조의 탄생을 전반적으로 검토하는 메타시조라고 평할 수 있다. 상실과 결여에 대한 시적 주체의 정동을 천착하되, 시조 쓰기에 관한 시조를 표

제작으로 삼아, 그녀는 이번 시조집에서 부각하려는 가치
의 이정표를 세웠다.

3. 각 부의 백미들 보기

표제작 외 『빈』의 수록작을 모두 위와 같은 방법으로 살
피기는 어렵다. 나머지는 각 부마다 한 편씩 눈에 띄는 작
품을 간략히 해설하는 방식을 취할 작정이다. 새삼스러운
지적이지만 시인은 시집을 엮을 때 표제작을 포함하여, 시
들이 속하는 부를 허투루 나누지 않는다. 시집은 시들의 단
순한 집합체가 아니다. 문예지에 개별 시편을 발표하는 일
과 이들을 묶어 내적 논리를 갖춘 시집을 꾸리는 작업의 수
고는 같지 않다. 더구나 엄정한 형식적 규약을 지켜야 하는
시조 시인이자, 예민한 자의식을 작품에 드리운 서숙희의
신작이라면 두말할 나위가 없다. 이 글이 그녀의 시조집에
대한 해설로서, 여러 갈래의 독법 가운데 한 가지 가이드를
독자에게 제안한다는 취지를 살려, 나는 이상의 접근법을
따르려고 한다. 또 다른 길의 모색과 개척은 필연적으로 나
와 다르게 읽을 수밖에 없는 당신에게 남긴다.

*

제1부: 「잘못 뜬 스웨터를 푸는 시간」

실 하나로 연결된 몸통이 해체된다
허리가 무너지고 배와 가슴이 사라지고

잠깐을 울컥하는 사이
생生은 목만 남았다

「A4에게」로 여는 제1부는 창작의 고투를 천명한다. "내 문장은 피투성이다"라는 선언은 그 자체로 시인으로서 쓰기의 각오가 어떠한지를 선연하게 드러낸다. 또한 "몸과 몸 살짝 부딪는 위태로운 소리"(「와인글라스의 밤」 부분)나 "검은 맨살로 누운 알몸의 바다"(「판타지 풍으로—영일만」 부분) 등 관능적인 이미지도 다수 등장하여 독자의 시선을 붙든다. 하지만 나는 제1부를 닫는 「잘못 뜬 스웨터를 푸는 시간」에 더 눈길이 간다. 잘못 뜬 스웨터를 푸는 길지 않은 시간과 긴 세월이 누적된 생을 정밀하게 접합하는 솜씨 때문이다. 이것은 시적 기교의 영역이 아니다. 사는 데 급급하지 않고 삶을 진지하게 오래 들여다본 시인의 통찰이 빛을 발하는 시조이다. 짧은 분량의 작품이라 남는 인상은 오히려 강하다.

서숙희는 작품에서 표명되는 부분에만 주의를 기울이지

말고, 말해지지 않아 가시화되지 않은 면에 더 집중하라고 권하는 시인이다. 이러한 점에서 잘못 뜬 스웨터를 푸는 시간보다 중요한 요소는 그때까지 스웨터를 뜨던 시간이다. 스웨터를 푸는 시간보다 훨씬 더 많은 품을 들였지만, 사소한 실수로 인해 스웨터를 뜨던 시간을 무위로 돌려야 한다는 허탈감에 시적 주체는 사로잡힐 수밖에 없다. 힘들게 쌓아 올린 어떤 과정을 스스로 무너뜨려야 하는 상황에 맞닥뜨려 고통스러운 결단을 내린 사람이 비단 시적 주체 혼자만은 아니리라. 그리하여 이 시조는 독자와의 폭넓은 공감대를 형성한다. 전형적인 선경후정의 전개가 이토록 빛나는 작품이 흔치 않다는 사실도 덧붙여 둔다. 특히 후정에 해당하는 "잠깐을 울컥하는 사이 / 생生은 목만 남았다"는 담백하고 정확한 구절이 이 시조의 품격을 한껏 높인다.

제2부: 「냉장고 토르소」

몸통만으로
태어났기에
표정을알수
없다평생을
그자리에서
가슴다파먹
히고도절대

적충직함의
온도를숙명
처럼품었다

　제2부에서 「빈」 외에 시선을 잡아끄는 시조로 「냉장고
토르소」를 꼽았다. 박찬욱의 영화 〈헤어질 결심〉, 윤동주의
시 「참회록」, 더블베이시스트 성미경, 박수근 전展 등 여러
예술의 인유가 녹아 있는 시편들도 인상적이나 「냉장고 토
르소」는 형식적·내용적 이미지가 교호한다는 점에서 눈길
을 붙든다. 우선 냉장고를 음식물 보관 용도의 가전제품으
로만 여기는 대다수 사람에게 이 작품은 낯선 충격을 안긴
다. 쓰임새가 전부인 줄 알았던 냉장고에서 몸통만으로 이
루어진 조각상 토르소를 연상하고 ("몸통만으로 / 태어났
기에 / 표정을알수 / 없다평생을") 시적 의미를 발견하다
니! 익숙한 것을 비틀어 보는 시적 주체의 관점을 이 시조
는 다시 한번 돌아보게 만든다.
　또한 띄어쓰기를 배제한 5음절 10행으로 짜인 냉장고의
형식적 이미지도 이채롭다. 멀리서 보면 이 시조의 형식적
이미지는 가로가 짧고 세로로 긴 직사각형 냉장고를 떠올
리게 한다. 기호가 의미론적 기능을 담당하는 것은 당연하
지만, 그 자체가 의미를 구현한 이미지로서 기능하는 경우
를 찾기는 쉽지 않다. 경직된 느낌을 불러일으키는 띄어쓰
기 없는 5음절 10행 배치는 파격을 목적에 둔 단순한 장치

가 아니다. 형식과 내용이 조응하는 작품을 쓰겠다는 시적 주체의 의지가 반영된 산물이다. 참된 시는 양자가 따로 떨어져 있는 것이 아니라 한몸으로 연동한다는 유명한 시론을 전유하여 서숙희는 「냉장고 토르소」를 완성하였다. 모든 시조를 이렇게 쓸 수 없고 꼭 그래야만 하는 것도 아니지만, 이 작품은 그녀가 가닿고자 하는 시의 세계가 안온하기보다는 복합적 층위로 구성되어 있음을 방증한다.

제3부: 「난청에 들다」

환한 듯 컴컴한 듯 서녘의 귀 한쪽이
이른 듯 늦은 듯 반쯤 이운 생 한쪽이

짝 없는 신발을 신고
더듬더듬 멀어졌다

남겨진 달팽이관
웅크린 흙집에는
적막의 긴 꼬리가 이명처럼 고이고
소리들, 그늘만 남아
아득히 저물어가는

너에게 가는 길의 흙바람 행려 같은

여전히 오지 않는 기다림의 대답 같은

외이도
거기서부터
내이도까지의 길 혹은 섬

　서숙희는 쓰기에 대한 반성을 거듭하는 문인이다. 제3부에도 밤새 내린 비로 깨끗해진 바깥 광경과는 대조적으로 "밤새운 내 문장에는 / 흙방울 / 흙방울들"(「방울들」 부분)이 굴러다닐 뿐인 상황을 드러내고, 함민복 시를 패러디하여 "시는 왜, / 시는 왜 짠가"(「시는 왜 짠가」 부분)라고 묻는다. 「젖은 시」와 「시가 되는 밤」도 이러한 연장선 상에서 읽히는 시조들이다. 더불어 꽃을 자아화하는 「포괄적인 수국」과 「수국을 위한 변명」, 「자목련 봉오리」도 색다르지만, 나는 「난청에 들다」가 제3부의 수작이라고 생각한다. 나이 들어가면서 마주할 수밖에 없는 신체의 노화를 다루어서라기보다는, 「빈」과 유사하게 상실과 결여에 대처하는 시적 주체의 성숙한 자세를 엿볼 수 있어서다.
　한쪽 청력의 쇠퇴라는 불행한 사건을 일반적 용법인 '난청이 생기다'나 '난청이 되어버렸다'가 아니라, "난청에 들다"로 언명하는 점이 대표적이다. '생기다'와 '되어버렸다'는 수동적인 태도를 지양하고, '들다'라는 능동적인 태도를 취함으로써 시적 주체는 의연한 풍모를 드러낸다. 귓속 "달팽이관"을 "웅크린 흙집"으로 묘사하고, "외이도"와 "내이도"의 동음이의어를 활용해 소리가 도달하는 "길 혹은 섬"으로 포착한 착상도 독자의 시선을 붙든다. "너에게 가는 길의 흙바람 행려 같은 / 여전히 오지 않는 기다림의 대답 같은" 직유법 역시 참신하다. 발신된 메시지가 누군가에게 수신되는 과정이 소리의 전모라는 점에서, 바꾸어 말하면 그것은 어디론가 도달하는 여정이기에 "흙바람 행려"나 "기다림의 대답" 같은 시어가 쓰이기에 마침맞다. 감정과 언어의 낭비가 없다는 말이다.

제4부: 「돌멩이의 내력」

아스팔트 길가에 뒹구는 돌멩이 하나
아무도 쥐려 않는 뭇발길에 채일 뿐인

한 시절, 던지고 던졌던
저항과 반항의 이름

가질 수도 쥘 수도 없는 것들을 놓아버리고
막다른 골목에 핀 불온의 꽃을 꺾어든 채
젊음은 컴컴한 창고처럼 우두커니 늙어갔지
광장이 번성하자 발자국들은 잊히고
길들여진 혀들은 개인주의를 달게 핥고

함성은 소리치지 않고 다만 저물 뿐이지

더 이상 쓸모를 잃은 오늘의 저 돌멩이
내 낡은 자술서에 똑바로 던져보면

답 아닌
답이 돼줄까
파문이나 질문 같은

　제4부는 지금 세태를 비판적으로 인식하는 시적 주체의
발화가 특징적이다. 버려진 지구본을 보면서 "이미 녹은 빙
하가 탁한 피로 엉기어 / 적도까지 내려와 신음으로 굳어
버린"(「지구는 지금」 부분) 기후 위기에 봉착한 현재를 적
시하는 작품, 도로 건설을 목적으로 산이 파헤쳐진 장면에
서 "우르르 쏟아지는 내장"(「산의 몸통이 잘렸다」 부분)을
목격하는 작품 등을 예로 들 수 있다. "헬조선"을 저주하고
"이생망"을 자조하는 "비정규직" 젊은이들을 초점화한 「행
운목은 행운이다」도 여기에 포함된다. 이들 시조는 서숙희
의 시야가 내부로만 침잠하지 않는다는 사실을 여실히 보
증한다. 그중에서 한층 더 존재감을 뿜어내는 시조가 「돌
멩이의 내력」이다. 시적 주체는 길가에 떨어진 돌멩이에서
"한 시절, 던지고 던졌던 / 저항과 반항의 이름"을 역사화
한다.

돌멩이가 투쟁의 무기였던 시절을 서숙희가 지나왔으므로 이 작품에 풍기는 회한의 정서 "가질 수도 쥘 수도 없는 것들을 놓아버리고 / 막다른 골목에 핀 불온의 꽃을 꺾어든 채 / 젊음은 컴컴한 창고처럼 우두커니 늙어갔지"는 한층 더 핍진성을 띤다. 그러므로 바로 이어지는 현 시대 진단 "광장이 번성하자 발자국들은 잊히고 / 길들여진 혀들은 개인주의를 달게 핥고 / 함성은 소리치지 않고 다만 저물 뿐이지"는 '개인주의' 같은 비시적인 용어에도 불구하고 비판의 유효성을 확보한다. 이에 더하여 이 시조는 외부로 투사된 대상을 다시 내부 성찰의 기제로 작동시킴으로써 서정시의 범주를 이탈하지 않는다. "더 이상 쓸모를 잃은 오늘의 저 돌멩이 / 내 낡은 자술서에 똑바로 던져보면"서 성립되는 세계의 자아화 시도는, 외부와 내부가 분리되는 세계가 아니라 서로 섞일 수밖에 없다는 진실을 재차 상기시킨다.

제5부: 「어머니의 손톱깎이」

손톱깎이라는 도구를 평생 써본 적이 없다

그 한 몸 그 한평생
논일 밭일 들일 산일

칠남매 자식들까지 모두가 손톱깎이였다

뒤틀리고 주저앉은 아흔 살 손톱을
잘 드는 금속성으로 깎아드려 보려는데

돌처럼 굳은 손톱에
튕겨나간 쓰리세븐

　제5부는 기억이 중심에 놓인다. "갈래머리 소녀들 / 푸
르게 깔깔댈 때"(「청라언덕」 부분)를 회고하는 작품부터,
저마다의 기억을 품은 채 "혼곤히 맑은 잠에 드는 / 고분고
분 고분들"(「고분고분 가을 고분」 부분)에 이르는 시조가
무게중심을 잡는다. 그런데 나는 손톱깎이와 어머니의 지
난날을 결부시키는 「어머니의 손톱깎이」야말로 제5부에서
가장 아름다운 시편이라는 생각이 들었다. 어머니를 주제
화하는 많은 시가 빠지기 쉬운 함정이 과도한 센티멘털리
즘인데, 이 작품은 그러한 잘못을 범하지 않는다. 줄곧 서
술하였듯이 서숙희가 객관적상관물을 통한 시적 대상과의
적절한 거리를 마련하는 시인임이 이러한 면에서도 검증
된다. 그간 어머니의 고생을 이처럼 강렬하게 대변하는 "쓰
리세븐"이라니.
　"그 한 몸 그 한평생 / 논일 밭일 들일 산일"한 어머니 손
톱은 길게 자랄 틈 없이 닳았을 것이다. 거기에 "칠남매 자

식들까지 모두가 손톱깎이" 역할을 하였으니, 즉 자녀 뒷바라지에도 여념이 없으셨을 테니 이렇게 "뒤틀리고 주저앉은 아흔 살 손톱"으로 늙으신 것이다. 아무리 날카로운 손톱깎이도 온갖 괴로움과 마주하면서 "돌처럼 굳은 손톱"을 잘라내지 못한다. 이것은 어머니의 응축된 인생 역정이기에 그러하다. 어머니 손톱을 보고 짠한 기분에 휩싸이는 자식이 적지 않겠으나, 거기에서 시적인 순간을 발견하고 기억을 탁월하게 시화할 수 있는 역량을 지닌 이는 몇 되지 않는다.

*

여기까지가 해설을 빙자하여 『빈』을 접한 감응의 요지이다. 보다시피 나는 이번 시조집에 투영된 경험적 진실의 깊이를 주로 탐색하였다. 작품 선정도 이에 바탕을 두었다. 달리 말하면 이 책의 극히 일부밖에 해명하지 못했다는 뜻이다. 다만 한 가지 확실히 확인한 바는 "격조니 품격이니, 전통이니 민족이니 하는 무거움도 생각하지 않는 시조 쓰기를 지향"하겠다는 서숙희의 의지가 『빈』에서도 단단한 시적 결실을 맺었다는 점이다. 감당하기 힘든 무거움에 매몰되지 않아, 도리어 그녀의 작품은 내용 형식적으로 경쾌함과 진중함을 가로지르는 분할선을 구축하였다. 그래서 사용자의 주문에 따라 언어를 도구처럼 부리는 생성형 인공지능이 상용화된 2020년대에도 서숙희의 시조집은 설 자리가 있다. 경험적 진실의 깊이를 담보한 채 율격을 정립하면서도 파격을 시도하는 시적 작업을 생성형 인공지능은 온전히 수행하지 못한다. 그것을 일컬어 시조의 현대성이라고 할 수 없다면, 대체 무엇이 모던한 스타일이 될 수 있을까.